マー・ガンガー

死　ぬ　の　は　こ　わ　い　だ　ろ　う　か

宮内喜美子

写真——沖鳳亨・若林裕子

めるくまーる

目次

マー・ガンガー

マー・ガンガー　6

ラナ・マハールの犬　10

雷　雨　14

なぜ ガンジスなのか　16

死を待つ家《ムクティ・ハウス》　20

母の河　30

老いた犬　34

雨季のガンガー　40

マー　46

ガンジスの鳥

ガンジスの鳥　52

人がいないということは　60
日の出　66
沐浴する三人の老人　70
蛇を巻く　76
キングフィッシャー　80
リシケシ行のバス　84
ケシャバの僧院　88
川辺にて　96
わたしの場所　100
泡がぽっかり　108
ドゥワルカの十字路　114
死ぬのはこわいだろうか　118

あとがき——121
今日　おまえは明るい

マー・ガンガー

マー・ガンガー

うずになる
うずが集まり
モアレになる
そして　レースになる

黒い燃えさしのようなものが
赤潮状に流れてゆく
サンダルが流れてゆく
ホテイアオイに藁やごみがからまり
まだ死体は流れてゆかないけれど
人のあらゆる痕跡が流れてゆく

自然の痕跡が流れてゆく

ひとの声が
祈りが　真言《マントラ》が
怒鳴り声が
リスの強く鳴く声が
うずになり
モアレになり
マー・ガンガーの上を流れてゆく

昨日降った雨の大量の集積を呑んで
人間のすべての営みを豪快に洗い浄めるように
大河は
流れてゆく

ラナ・マハールの犬

あの犬は
ただの野良犬ではなかった
あの一瞬
あの数分のあいだだけかもしれないけれど
たっぷりとしたサリーの裳裾をなびかせて
慈しみをたたえている年配の婦人か
あるいはライオンを思わせる
白い顎髭をたくわえた師　その人が
一匹の痩せて汚れた犬に
のりうつり　きていたのだ

やっと探しあてた
ラナ・マハールの裏路地で
遠くからわたしをみつけると
おどろいたように喜んで
ちぎれそうなほど尻尾を振りながら
駆け寄ってきた
両前肢を高くして抱きついてきて
顔といわず首といわず舐めまわし

……なつかしい
　ああ　やっと会えた
　　再会できた

ほら
あの時に……と言いながら

黒い濡れた瞳でじっとみつめ
抱きしめ　頬ずりしてくる

わたしの白いショールは泥に汚れ
わたしの記憶は
前世へは辿れない

目をとじて
ガンガーの水音をききながら
細いほそい　くもの糸をたどるように
心を澄まし
黒い濡れた目の奥に

……ああ
あなた

あのとき

深い歓びがもりあがる一瞬

時間という魔術のほつれ目に

わたしはすべりこむ

雷　雨

夜
雷が鳴り
雨がザーザー降っている
ガンガーの上に
稲妻が光る
いく度もいく度も　光る

ホテルのテラス下まで増水していた
たっぷりの水量のガンガーに
さらに大量の雨が降り注いでいる

迷路の小道を歩いていた牛たちは
どこで休んでいるのだろう
下の沐浴場《ガート》で水浴びしていた水牛たちは
どこで眠っているだろう
小舟の舳先にあお向けに寝ていた人は
どうしたろう

ガンジスに雷が鳴っている
マー・ガンガーに
雷が光る
この世界には閃光する天と
巨大な水の流れしかないかのように

なぜ　ガンジスなのか

なぜガンジス河なのか
日本人であるわたしにとって
富士山や　沖縄の御嶽《うたき》や
どこか縁のある海や川ではなくて
なぜ　ガンジスなのか
と訊かれたら
返答につまってしまう

その内的必然の源はなんだろう

十九のとき観た映画『大地のうた』

さとうきび畑が風に揺れ
ただ雨が降り　水たまりができ
波紋がつぎつぎにひろがってゆく映像に
激しく心を揺さぶられた
インド帰りの夫と出会い
いつか一緒に行こうと約束した
三十年間　わたしにとって幻の
心の奥で黒光りしていた国
亡くした子供の遺骨をほんの少しだけ分骨し
ガンジス河に流してやろうと
手もとに大切にとっておいた
小さな絹の袋を抱きしめながら
行こうね　いつかきっと　と語りかけていた
インド、ガンジス河
最近では

わたしはインドには行けないカルマなのだと
もうあきらめかけていた

そのように
なにが絶対なのではなく
さまざまな幻想、夢、あこがれ
思いこみ……といった
わたしという一人の人間のなかで
培い　形成されていった
絶対に近い相対の集合が

うずになり
モアレになり

一つの源のように

流れてゆく

死を待つ家《ムクティ・ハウス》

マニカルニカの火葬場の前に「死を待つ家」があった。

輪廻転生のカルマを終えるために、ベナレスで死を迎え、火葬にされ、遺灰をガンジス河に流してほしいと願う人が、その死を待つための家。ここで死に、マー・ガンガーに流されれば、カルマから解放されて、もうこの世に転生することはないのだという。

入口に数人の男が立ちはだかり、険しい顔をしたが、歩み寄ってきた年輩の人に夫が手を合わせ、まっすぐに目を見てたのむと、しばらくじっとこちらの目を覗き込んでから、入る許可をくれた。

薄茶色の砂岩の石段を上る時、怖ろしい、と感じた。人気《ひとけ》のない急勾配の階段の、ずいぶん高く感じられる二階は、冥界への入口で、ここを上っていったら、もう外には出られなくなってしまう、という恐怖だった。

二階には、石畳の空間をコの字に囲む回廊のような三つの部屋があり、そこに十二、三人の人がいた。

右手前の石の床に、一人の老人が横たわり、サリー姿の老婦人が枕元に坐っている。

左のほうにバラモンらしい白髪、白髭に白い服を着た立派な顔立ちの老人が三人、若い人も混ざって坐っている。

合掌しながら、ゆっくり会釈して入り、夫は膝を浮かせた形で腰を下ろすと、真言《マントラ》を唱えはじめた。

二十二年前ヒマラヤの洞窟で暮らした時、行者から習ったマントラだった。

ハーリー・オーム……

オ――――ン、と世界を振動させるような響きが石の壁や天井に反響し、声、というよりも音、音波の渦になって流れ、微細な振動の波にわたしたちは包まれた。

「シヴァだな」

とつぜん長老格の白衣の老人がつぶやいて、

「ハーリー・ラーマ、ハーリー・クリシュナ……」

低い声で、夫のマントラに唱和するように、応えてくれた。もし宗教的な歌垣というものがあるならば、まさしくそのような唱和に感じられた。

わたしも手を合わせ、祈りながら、ふだん唱えているささやかなマントラを、心をこめてつぶやいた。

さざ波のように干渉しあい、増幅する声は、この地上での人と人の出会いの交歓、深いハーモニーになって、人の誕生を思い、人生を思い、死を思い、有機と無機を、そして神を思うように、石造りの建物の中に流れ、満ちていった。

一家は六日前にマンガロールからやってきた。

代々バラモンの家系で、神事を司り、牛を飼い、畑を耕して暮らしている。

マントラで応えてくれた老人が長兄で七十五歳、苦しそうに横たわり、ときどきむせるように咳き込んでいる人は次兄で、七十二歳なのだという。

長兄の隣には娘婿の父親、その隣がやはりバラモンの弟。死を待つ老人の横には娘さんと息子さんも坐っている。娘婿で、ドクターだという人も坐っている。

さらに左側の回廊では若い娘さんが二人、七輪の火を起こして煮炊きをしている。

こんなに大勢で、一家総出で、仕事も休み、汽車を乗り継ぎ遠路はるばる、ベナレスのガンジス河のほとりまでやってきたのだ。夫の、父の、兄の、弟の、死を待つために。何日滞在することになるかわからないまま、そのためだけに、心を一つにしてやってきている。

横たわる老人の足を、布の上から夫がさすっている。その足はびくっ、びくっと痙攣し、枕元の奥さんが辛そうな目で、この人は、もうだめなのですよ……というように、こちらを見つめてくる。

「質問してもいいですか」と言う夫がひどく汗をかいているのを見ると、バラモンの長老は葉っぱでできた団扇を手にとり、扇いでくれた。とんでもない、と団扇を取ろうとすると、「それはいけない。今こうしてあなたを招び入れたカルマに反することになる」と言ってくれる。

知的好奇心で、「日本では、老人は最期をどうするのか」と逆に訊かれもした。

わたしが、昔亡くした子供の遺灰を日本から持ってきていると言うと、老人たちはそろって、やさしくいとおしむように見つめてくれるのだった。

最後に夫の手を取ると、老人は掌の線を指でなぞりながら、にこにこして「とてもいい手相だ。いいことがある。元気で長生きする。九十歳まで」と言ってくれた。

なにかプレゼントしてくれたかったのだ。

なにかよいものを、わたしたちに。「取る」のではなく「与え」てくれること。老人が亡くなるまでの滞在なのだから、余分な物はなにもない。けれど何かを与えてくれたい。

それで見てくれた手相、幸せの予言だった。


静かな、深い出会いだった。

これから死ぬという人を傍らにさすりながら、思いがけずに明るく、すがすがしいのは、なぜだろう。

ここにいる人たちの心が開かれているからだ。生も死も肯定し、受け入れて、喜び悲しみながら、ひらかれている。

いまわたしはこうして生きている。生きていることのその根源を、大きなやさしさで凝視させてくれた。

死の尊厳への、人としての向き合いかたの、一つの見本を見せてくれた。


堅い石に見えたのは、じつは白いふわふわの雲で、そこに白髭白衣の神々が並んでおられたのではないか……帰り道、ふとそんな思いが、火葬場の前の道を歩きながらよぎったのだった。

27

母の河

チョードリーさんの奥さんが
ガンガーを見下ろしている
テラスの縁に　椅子に坐って
黙って　いつまでも
見下ろしている

ガンガーを見ながら
なにを考えているのですか？　と訊く
瞑想されているのですか？
にこっとうなずいてから
ガンガーは　母なのです

母を想っているのです
と彼女は言った

川をずっとさかのぼった支流の大都会
ニューデリーから嫁いできた
チョードリーさんの亡くなったお父さんが
ぜひ息子の嫁にと　彼女をひとり
ベナレスへ連れてきたのだという

テラスの縁に一人坐っている後ろ姿の
まだ若いのに予想外の白髪に
嫁ぎ先での苦労やさみしさを思って
となりに坐ったわたしだったのに
……義母は実の母よりやさしいの
義弟も私を母のように愛してくれる

主人も信仰深くていい人なの　と
こちらの杞憂を見透かしたように
まっ黒い大きな瞳で言う

マー・ガンガーの「マー」が
「母」だとは知りながら
これまで毎日　朝から晩まで
眼前に大河を眺めながら
その意味をわかってはいなかった
深く母だと思いながら
この流れを見てはいなかった

日に日に増水し
今年は洪水だという
たっぷり　たゆたう

ガンジス河を
あらためて
母　と感じながら
わたしも眺める

やさしい義母でもなく
生みの母でもない

巨きな母

そんなかあさんに
竜太を返したのだと
あらためて　ほっとするように

老いた犬

夜の路地を歩いていると
一匹の老いた犬が
ひっそり
足もとにすり寄って
ついてくる

この町では犬はなんだかみじめで　露台や路地のすみで縮こ
まって寝ている　たいてい鼻のまわりが傷ついていて　元気
がなく　人についてくることなど　めったにない
大きな体で道幅を占拠し堂々と糞をしている聖牛を　横目で
仰ぎ見るように　尻尾をまるめている白っぽい短毛の犬たち

動物にもカーストがあって　犬は最下層のハリジャンのよう
にみえる

立ちどまると
おすわりの形にぺたんと坐り
わたしの足に「お手」の仕草をする
歩きだすと
またついてくる

ちょうど露店のダヒ屋さんが出ていて
素焼きの小壺に入った
まっ白いヨーグルトが並んでいる
老犬もミルクの匂いに惹かれたのか
露台の手前の壁にもたれかかるように
立ちどまってしまった

自分が食べる素振りで一つ買い　横丁を曲がった
手のひらにすくって　すこし食べさせてから　素焼きの壺を
鼻先に置くと　すごくおいしそうに　夢中になって食べた
丸い底のところのダヒがちょっと固そうで　舌先がとどかな
くて往生しているので　指ですくってやると　ぺろりと舐め
てから　空になった壺をくわえ上げてしまった

老いて病んでいる
もう先の短かそうな犬
いつもいじけていて
だれからもやさしくされたことがない
みじめな一生

——もうこのまま

今晩　死んでしまえばいいのに
ヨーグルトのなめらかな
ほんのり甘いおいしさを
最後の歓びにして
うれしいまま
死んでしまえばいい
そして
つぎはもっと幸せに
生まれかわってくればいいのに

この町にいると
「転生」を願うわたしがいる

すべての生そのものが

苦なのだ
年とって傷ついた犬も
聖牛と崇められながら
路地のごみをあさっている牛も
わたしたち人も
みんな
苦のなかに生きている

幸せな来世を夢みる
転生を信じることは
わたしたちの哀しい知恵だ

そして最後には
生そのものからの解放を願う

空の壺をくわえたまま
よろよろ立ち上がると
犬は路地の奥へと消えていった

雨季のガンガー

カラスの乗った遺体が流れてゆく
ホテイアオイが　きれぎれに流れてゆく
溺死した牛や山羊が流れてゆく
雨季の太陽は
雲の向こうに白く
月のように光り
火葬場からの薪の燃えさしが流れてゆく

ガンガーは増水していた
いや増水ではなく洪水だ

ダシャシュワメドのマー・ガンガーのお堂も水没した。夫の話では、以前泊ったゲストハウスへの道も水没して、遠回りしなければ行けなくなった。

南のシヴァ寺院の沐浴石段《ガート》の茶店も開けなくなり、その上にあった、茶店の主人と一緒にとうもろこしを食べていたおじいさんの石の部屋も、水の下になってしまった。

家ではなく、部屋だ。部屋ともいえない、人ひとり横たわったらいっぱいの、まるで石棺をたてよこ少し大きくしたような部屋だった。その戸口の前に坐っていたわたしが、あ、ごめんなさいとポーズすると、いいよ、いいよ、少し向こうにずれてくれれば、と身振りしてくれたやさしいおじいさん。そんな狭い空間をちゃんときれいに箒で掃き清めていた。

寺院のガートへつながるトンネルに大勢の人が寝ていたというから、あのおじいさんも洪水がひくまでそこにいるのかもしれない。

マニカルニカの火葬場も、死を待つ家《ムクティ・ハウス》のぎりぎり前まで水がきていて、遺体を運ぶ人は下半身ずぶ濡れになりながら運び、遺体をのせた竹の担架には、脚がつけられて、火葬の順番を待っているのだという。

あの後ずっと、あのご一家のことが気にかかりながらも、もう訪ねることはしなかった。

この洪水のなか、娘さんたちは野菜の買い出しに行っているのだろうか。

苦しそうにむせて痙攣していた老人は亡くなっただろうか。

水びたしの火葬場で火葬にされ、大量の水がたっぷり流れるガンガーに、遺骨は流されて……

あるいは万が一、奇跡的に元気になって、まだその時ではなかったと、ご家族そろって故郷へ引き揚げてゆくという展開はなかったろうか。わたしには朗報のそんななりゆきが、輪廻転生を信じる人にとっては悲しいことなのか。

夫はしきりに、あの人たちが暮らす村を訪ねてみたいと言っていた。神事を司り、畑を作り、牛を飼っているという毎日の暮らしを見せてもらいたい、と。

さっきはまた牛の死骸を見た。これまで何頭も見てきたが、たいてい腰のあたりの背中が黒い山のように見えるのに、今日のは子供の水牛で、頭の小さな角から尻尾まで全体が見えていた。

はっきりと人も見た。たぶん行者《サドゥ》だと思う。水面に俯せに、尻をつき出し足を開いて膝を曲げた形で流れていった。ほんの腰のところだけ、オレンジ色の布を下着状にまとっているだけで、陽焼けした黒い背中も、足を開いて坐ったままの形を固定したような下半身もよく見えた。

包んだ布が剥がれかかっている遺体はこれまでも見たけれど、それほどまでに、生きていた時のままの姿ははじめてで、わたしは息をつめて見つめていた。激流に、速く流されていった。


洪水も今朝がピークだったようだ。

水が少しひきはじめている。今朝の水位の線が壁に見える。ガートで会った老人は、明日はもっと、70センチは下がると、自信たっぷりに言った。ほんとうにひいてくれるだろうか。だとしたら、この雨季のガンガーの、最高水位を体験できたことになる。

マー

どうしてこうもちがうのだろう
あのテラスから毎日眺めていたガンガーと
いま　こうして眺めるガンガー
おなじ河の
数百メートルと離れていない河岸なのに
その美しさが
その深さが
まるでちがう

天蓋への階段状に枝を広げた
バンヤン・ツリーと菩提樹に

何十匹もの猿の家族が集い
図鑑から飛び出してきたような
鮮やかな黄緑色の鳥が遊んでいる
小さなシマリスも走る

ゆうべ　長い時間河面を眺めていた
向こう岸の灯りが水に映って
金色に細く長く垂れ下がっていたのが
いつのまにか細い滝に見えてきて
いくすじもの滝が流れ落ちる下には
黒い大きな湖が　夜の空をのんでいた
まるいほの明かりのまわりは鍾乳洞窟になって
ゆっくり　螺旋状にうねりながら
遠い遠いまばゆい出口までつづいてゆく
静寂のなかで

わたしは見とれていた
まるでガンガーという巨大スクリーンに
見えない幻灯機から
地球上のすべてが
マーヤーとして映しだされているかのように

ガンガーにはすべてがある
人びとの営みの
日も　夜も
尊厳も　汚濁も
命あるあらゆるものの
点滅を
やわらかい指先で愛撫しながら
流れ　運んでゆく

それが「母」なのか
マー・ガンガーの「マー」なのか

朝日のなかで
つぎつぎに金モールをひくように
まばゆい光が流れてゆく

ガンジスの鳥

ガンジスの鳥

朝もやの上が
ほんのりピンクがかって明るい
ガンジス河は賑やかで
たくさんの船がダシャシュワメドあたりから
日の出ツアーの客たちを乗せて
上流へ向かってくる
泳ぐ人
沐浴の人
バーベルのような棒を振り回して体操する人
あちらこちらから祈りの声明《チャント》や

鉦の音　甘い歌が流れ
目の前を鳥が飛んでいる
鳥たちは元気だ
いろんな種類の鳥が
河の上に大きく輪を描きながら
力いっぱいの高速で飛び回っている
パンチーという　嘴がオレンジ色の黒い鳥
カラス　鳩
若葉色のオウム
広げると白い大きな丸印のある翼
日本とおなじすずめ……
全身で朝を喜び
自分たちが回転するぜんまいで
太陽をひっぱりあげるとでもいうように
金属的にさえずり　うたい

飛び回っている

メイン・ガートのほうに行ってみようか
まだだいじょうぶだよ　夫が言う
ホテルの階段を走り降り
河への急傾斜の石段を下り
まだ陽は出ていない
顔の両側に長い耳毛がつき出したおじいさんに
ボートに乗らないかと声をかけられ
ごめんなさい　と歩きながら
ふと空を見ると
朝日が浮かんでいる
乳白色の空に
赤の強い橙色が
わたしの絵の具箱の中の

まさしく　インディアン・オレンジ！　が
丸く　ぼかしで浮きあがっている
しまった
にじみ出る瞬間をのがした
（なんかこうなのだ　インドの日の出は
汽車の中でも　朝もやを眺めながら
ずっと待っていても　なかなか出なくて
ふと気づくと
ぼっと浮かんでいる）
丸い形がにじみ出るように浮かびあがるんだ
昨夜話をした　その瞬間が見たかったのに
明日こそ　と思う

鳥たちは休まない
からだ全体を変化球にして

飛び回っている
朝が　朝日が
うれしくてたまらない
これこそが生きること
このために生まれてきたのだと
うたいまわるように
一時間　二時間
回転しつづけている

疲れないのか
喜びつづけることに
くたびれてしまわないか

（ああ　わたしたちみんな
朝を祝《ことほ》ぐ喜びだけに生きられたら！）

人がいないということは

青味がかった水が
ゆるやかに流れている

一昨年は水位が高くて見えなかったけれど
どっしりとした石段の沐浴場が
川添いにずうっとつづき
ダシャシュワメド・ガート
チョードリーさんのホテル
マニカルニカ、と
意外な近さで歩いてゆける

マニカルニカ火葬場には
次つぎに遺体が運ばれてくる
竹の担架を神輿《みこし》のようにかつぐ人たちが

　ラーム　ラーム　サッタ　へー
　ラーム　ラーム　サッタ　へー

歌うように声を上げながら
小走りに　迷路の路地をぬけてくる

　　神よ　神よ　人生の真理
　　神よ　神よ　生命の真実

一昨年は洪水で　狭い場所で焼いていたのが
今日は川岸近くの数か所から炎や煙があがっている

ムクティ・ハウス、死を待つ家の前に立って
南京錠のかけられた格子扉から中を覗いていると
管理しているという青年がやってきて
今はだれもいないと言う
見たければ開けてあげようかと

ここにあの時、何人かの人が立ちはだかったのは、外国人旅行者であるわたしたちを拒絶するというよりも、マンガロールから来ていたあのご一家を守りたい気持が強かったのだと、今はわかる。インド人は人に対して深く親切だ。遠くから優しく見守っている。ベナレスで死を迎えるという一大事を、回りの人たちだけでなく町全体で見守り、老人が亡くなるまでの総勢十何人の家族を思いやっていたにちがいない。

あの時とても高く　というより
深く冥界へと　遠く感じた階段が
半分ぐらいの高さに見えた

バラモンのご一家がいた部屋は
たしかにあった
右奥の空間に老人が横たわり
奥さんや娘さん、ご兄弟のバラモンたちが坐っていて
向かいの小部屋では若い娘さんが煮炊きしていた

人がいないということは
無　なのだ
死を待つ　死にかけた人でも
まだ息をしている人がいるかぎり
そこには息吹きが

有が　ある
死　という意味がある

今はだれもいない部屋の
あの老人が横たわっていた脇のあたりに
しばらく坐っていた

吹き抜けになった空が見えた
ここで死んでいった人たち
数えきれないほどの死を待つ人びとが見上げた
白っぽく熱を孕んだ四角い青空
夜には星がまたたき
そこから　あの激しい雨も降ったのだ
稲妻も光り　雷も鳴った
老いの涯て　病いの果てに

この四角い空から降るものを浴び
家族の思いに包まれながら
老人たちは　その時を待っていた
そして
迎えていった

上のほうの階からは
ハリ・オームを唱える夫の声がきこえてくる
わたしはしきりに
無常という言葉を思っていた

日の出

朝六時
夢のシロップに漬かったままの頭で
屋上へいそぐ

ぼんやりオレンジ色のあたりを
じっと見つめていたけれど
それより下の
雲の水平線から
日本の日の出のように昇ってきた
それが一度消えて
こんどは

ぽっと浮かび上がった
ちょっと変則的ではあるけれど
今日は朝日の出る瞬間が見られた

賑やかなメイン・ガートのはずれ
川べりの石の上に
一人のサドゥの遺体が置かれていた
夜明けの空とおなじ橙色の布がかけられ
花輪がのせられていて
枕元には線香が立ててある
最期をみとった人の心尽くしが感じられる
わたしも心ばかりのルピーを置いた

いつも行者《ババ》たちが大勢いる辺りは
なぜか今日は閑散として　数人しかいない

不幸な出来事に後押しされて
また遊行の旅に出てしまったか
それとも　死者を弔うお金を集めに行ったのか
まだ若い女性の行者が一人いて
どうしてこういう道に入ったのだろうと
いつか夫と話したのだったが
彼女の厳しい横顔にも
どこか沈んだ影がさしている

ガンガーは左から右へ
下流から上流へ
流れているように見える

淀みに浮かんだ犬の死骸を
カラスがついばみ

山羊はのんびり花飾りの山を喰んでいる
と　二頭の犬が襲いかかり
高くジャンプして走り去る
石段の山羊はくしゃみをしながら
ぱらぱらと
つややかにひかる黒ぶどうのような糞を
ばらまいてゆく

沐浴する三人の老人

ガートで
三人の老人が沐浴していた
巡礼の兄弟らしく
三人ともかなりの高齢で
とくにまん中の老人は足はよろよろし
両側から支えられ　いたわられて
やっと立っているのだが
枯れ木のような手をふるわせ
水を滴らせながら
からだ全体も小きざみにゆれていて
それが早朝の水の冷たさだけでなく

長年の願いがかなった感動にうちふるえているのだと
伝わってくる
ああ　長年の夢
ベナレスでの沐浴が
こうして死ぬ前に
実現できたという
ひしひしとした喜びに
わたしの胸までいっぱいになってしまう

そして
この老人たちが最後の世代だと思う
このような思いでガンガーに沐浴する人は
もういないのだろうと
ここベナレスにも　ホンダのバイクが走り
ネット・カフェではモニターが明るすぎる点滅をしている

人びとはもう過去の幻影のなかに住んではいない
老人のふるえが世界のふるえだった
夕暮れの静かな時間は
バイクの騒音にずたずたにされ
夕闇に　電子の網が重なって
シヴァも　ヴィシュヌも
神々は急に幼稚な姿に見える

石段の窪みに
生まれて間もない仔犬が五匹
ひとつに丸まって眠っている
そのうち一匹が
よちよち歩いてくるのを
すくうように抱きあげると
おなかのやわらかい

こわれそうなあたたかさが
手のひらで　ふるふると
ふるえている

ほんとうによかったですね
心のなかで　老人に声をかけていた
これがわたしにとっても
ベナレスの見納めかもしれない
最後にいいものを見せてくださって
ありがとう

手のなかの仔犬を
そっと　石段にかえした

蛇を巻く

炎天下
河に下りる急勾配の石段で
蛇使いが蛇を出している
茶色いのを二匹
白黒の縞を一匹
なでるように石段に並べて
まん中に置いた平籠の蓋を取ると
大きなコブラが
鎌首をもたげてくる
間のぬけた笛の吐息にあわせて
だんだんフードを広げ

頭を高くしてゆく

みつめあうと　かわいい
つぶらなやさしい目をしている

さわってもいい？

熱くも冷たくもない
カサカサでもぬるぬるでもない
頭のてっぺんから尻尾のほうまで
ながーく撫ぜてやると
しずかにフードを閉じてゆく

首にかけてもらう

ゆるゆるゆるゆる　ぞわぞわ
じっとしていられないらしいので
指先に右手を添えて　もう一巡してほしいのに
蛇使いのほうへ帰ってしまう

どこか否定的で
消去法で残るような
不可解な細長いやつ

よく　蛇の出てくる怖ろしい夢をみた
あれはエロスの魔への恐怖だったか
でも　そんな意味の象徴としてではなく
ただ「へび」という動物と
会ってみたいと思いはじめていた
蛇にぜったい触る

大蛇を首に巻く　と
内心ひそかに決心してから
何年たつだろう

——トラウマが一つ消えたな
窓から蛇使いをみつけて呼び止めてくれた夫が
にやりと　言った

キングフィッシャー（かわせみ）

ガンガーに面した窓のまん前の電線に
おとといも　きのうも
かわせみがとまっていた

部屋の中をそうっと少しずつ移動して
窓から身を乗り出すほど近づいても
飛びたたないでいてくれた
まっ白い胸
たたんだ翼は　そら色オレンジ茶色の三色で
背中から尻尾にかけてのブルーが
エメラルドとターコイズを混ぜた

目もさめる宝石のような美しさだ
黒い大きな目をまん丸にして
ずっと見つめあい
意識しあい
感じあっていた

——コロちゃん　と
死んでしまった猫の名前で話しかけたり
——竜太ちゃん　と
こっそり呼んでみたり
笑いかわせみ　の歌をうたってやっても
きいているようだった

とつぜん　長い大きな嘴を動かし
思いがけない美しい声で鳴いたとき

向こうの川面をさーっと
そら色の鳥が滑空したように見えた
どこか遠くからおなじ鳴き声がかすかに聞こえ
それに応えて玉をころがすような
ピーヒョロヒョロヒョロ……と
高い声で目の前のかわせみも鳴き返す
そんなことをくりかえすうちに
一瞬に　左のほうへ飛びたって
猿たちの住む古い王城の塔のてっぺんへ
行ってしまった

一時間以上も見つめていたら
目の奥が痛くなった
痛みの遠い先で

うつくしいものたちが
うまれては
飛んでくる

リシケシ行のバス

リキシャもバイクも走っている
牛の荷車やろばの荷車
崩れそうに山積みされたサトウキビ
人もぎゅう詰めに載っている
道のまん中に牛がのんびり立っている
山羊や羊の群れも　もこもこ歩いている
市場を過ぎ
畑を過ぎ
バスは盛大にクラクション鳴らしながら
蠅のようなバイクに危険を知らせ
なんとか人をはねないで

爆走してゆく
豚の親子もフロントガラスの前を
猛スピードで横切っていく

夕暮れの
道いっぱいにあふれる人波の中さえ
手品みたいに
バスはすりぬけてゆく

青黒いインクがゆっくり降りてきた夜の底
地平の闇を
ヘッドライトでレーザーカットしながら
北へ　北へ
ヒマラヤの麓　ガンジス河上流の聖地へと
バスはわたしを運んでゆく

KARCO
प्रधान मंत्री के साथ कांग्रेसी
ओं के दुर्नीति के प्रतिवाद में
KARCO
KARCO
KARCO
KARCO

नसीम अहमद

ケシャバの僧院

それはわたし自身の
内なる声との対話なのか
心の奥深くにあるかもしれない
真の知というようなものを手さぐりし
問いかける行為なのか

こうして書きながらも
ためらっている
まだ迷っている
書いてしまうことで
大切ななにかが失われはしまいか

†

ガンジス河上流の町に着いた翌朝
目覚める前
夢のなかで
ケシャバナンダの僧院《アシュラム》
ケシャバナンダのアシュラム、と思いつめていた
ケシャバナンダのアシュラムにさえ行くことができたら、と

乗り合いのバイクタクシーで　教えられた方へ行くと　目的
地に近づいたとき　警官のような制服姿の人が　助手席にひ
ょいと乗り込んできた
ケシャバナンダのアシュラムと言っても　運転手も他の乗客

も知らないのを　その人は
——あそこ、あの木立のなか
と指さすと　すぐに降りていった
まるでこうして指さしてくれるためだけに
ひょいと乗り込んできたみたいに

僧院の門を入ると　その修道僧《スワミ》も　あたかもわたしを待って
くれていたかのように　坐って本を読んでいた
夢のなかでの出来事のように
しかし　たしかに
その時　その場に
スワミはいた
額の秀でた
立ち上がると　長身の人だった

木立の向こうに
マー・ガンガーが流れている
ベナレスよりもずっと澄んだ
清らかな水が
速い勢いで流れている

マハサヤジーのお墓は実在した
ある本で出会って以来　三十年間
瞑想の対象として祈ってきた
朝に夕に　呼吸をととのえ　感謝し
ときに苦しさを言いつのり
たったひとり　向きあってきた
（いつのまにかマハサヤじじちゃんと呼ぶようになって）

見慣れた写真に彩色がされ　飾られている
いつもの目で笑っている
やさしいけれど　ほんとはこわい
洞窟の入口のような目
やっと訪ねあてたのだ
（ケシャバナンダはその愛弟子の一人だった
師の死後　遺灰を持ち帰ったという文中の一行を手だてに
お墓という慣習のないこの国だけれど
ここまで来てみたのだった）

白い砂を敷きつめた庭に聖樹が立っている
まわりに木の実が落ちていて
これで数珠を作るのだと
スワミがひろってくれる
菩提樹に似た木の実を

まっ白い砂の上からわたしもひろう
青い果皮には
小鳥についばまれた嘴の跡が残っている

茂みのなかを鳥が飛んでいる
あちらでも　こちらでも
さえずっている
鳥が飛びたつ重みで木枝がすこし揺れ
さまざまな緑の濃淡がさざめく

木々を透かして
光りのかたまりになったガンガーが
まばゆくきらめきながら
流れてゆく

音がする
水の
流れる音
時間の
鼓動
いえ　わたしの心臓の音？
マーの鼓動？
世界の　血の流れる音がする

鳥がさえずり
木々がさざめき
時間が生まれてゆく
産声をあげながら
時間という神が生まれてゆく
音がする

素足にひんやりする白砂の上を
赤いブローチのような昆虫が歩いている
木洩れ日が丸い光りをちりばめて
小さな百の太陽が
水泡のように
生まれては　消える

マハサヤじじちゃんといっしょに
わたしは歩いている

川辺にて

きっとマハサヤジーも降りていった
ガンガーへの小道
ゆるやかにカーブしながら
積み重なる菩提樹の大きな葉を
かさかさ　ぱりぱりと踏んでゆく

道が下り降りたところ
川べりまで案内してくれると
スワミはさっと帰ってしまう
(それがこの旅での
そのひととの別れだった)

つめたい速い流れに入り
十年ともに暮らした猫の頭骨を撒いた
小さな白いヘルメット型の頭蓋骨は
美しい流線形をしていたのに
ずっと持ち歩いているうちにこなごなになって
ゆで玉子の殻のように
一瞬空を舞い　散って
流れていった

おととしベナレスで竜太とともに散骨してやったのに
その美しい頭骨だけは手箱に残して日本を出てしまった
いつかわたしが死んだら一緒にしてもらおうと
ときどき出しては
鼻すじから額へのやさしいカーブを

そっとなぞっていたけれど
それもわたしの欲望
ガンガーに流してしまう

そのなかにきっとあった
コロネの意識
わたしという記憶も
水しぶきになって
遠ざかってゆく

いっしょに
世界の懐に
かえってゆく

わたしの場所

白砂の上を
ひんやりと足裏の気持いい
わたしの場所　をさがして歩く
この辺りのどこかに
きっとそれがある気がして
霊気ではなく
磁場
わたしに好意的なエネルギーの場を求めて
心のアンテナを研ぎ澄ます

大きなバンヤン・ツリーの根方

木立を透かして河に面したところに坐る

木陰にそよ風が心地よく
蝶が舞い
胸毛のほわほわした灰色の鳥が
二羽、三羽……わたしの頭の上
バンヤンから下がった蔓にとまり
ブランコに揺れ
たのしそうにうたっている
リスが走る
幼い子どものように
黄緑の美しいオウムも三羽、四羽
嬉々として飛んでいる
その木々の向こうを
清い水のガンガーの

速い流れが光っている

きっと
マハサヤジーも坐ったところ

そよ風が
やさしい
なまあたたかい
だれかの息吹きのように吹いてきて
ガンガーが光りのかたまりのまま
脈動し　流れはじめる
巨大なからだのなかの
大動脈のように

あなたのあたたかいドームのなか

大動脈のほとりに
わたしは坐っている

脈脈と光り　流れてゆく大河
刻刻と　生まれてゆく時
こうして
生まれてくる時間そのものが
神なのだと思う
そして　母なのだと

ひろやかな空は高く
あなたは果てしなくひろがり
わたしはかぎりなく小さい
岸辺に揺れる枝葉の先の
先の先の

毛細血管の微小なホクロ
目に見えないほど小さいけれど
それでも　あなたの一部
巨きなあなたを形づくっている
あなたでもある　わたし

可愛いミクロの鳥たちが
さえずりながらブランコに揺れ
無数の葉の照り返しが
細胞膜を透かして揺れる木洩れ日が
光りそのものになって乱反射し
わたしのとなりでは
マハサヤじじちゃんがほほ笑んでいる

こうしているだけで

晴れやかに落ちついている
わたしの
場所

HANDIC AFT
SALES EMPORIU AURANGABAD

泡がぽっかり

泡がぽっかり浮かびあがってくるように
書きたいことが湧いてくるんだな……

ガンジーの生れ故郷、ポルバンダールから
聖地ドゥワルカへ向かうバスの中で
夫がとつぜん言う
長編三部作の残り一作
沖縄を舞台にして一作
それから先進国の心の病い
もうそれくらいしか
書きたいことはないと思っていたのに

こうしてこの年になって
急にまた書きたくなっている
自分でも不思議なことに

左側の一番前の席をとったのに
窓から海は見えない
ベージュ色の荒地の道を
象を従えた巡礼の老人二人が歩いている
ターバンを巻いた立派な風格の
隠遁したマハラジャみたいなおじいさん
象の上には象つかい
炎天の下を悠然と歩いてゆく
オレンジ色の布を着たサドゥたちも
聖地に向かって歩いてゆく
聖なる白牛ばかりを集めた牛の家には

笛を吹くクリシュナ神が
極彩色で描かれている

むかしお風呂で
石けん箱に濡れタオルをかぶせ
口をつけて吹くと
泡のかたまりがもりあがった
母とそんなことをして遊んだ
「泡宇宙説」を知ったとき
それで妙に納得したけれど

夫のおなかの底のほうでは
女神さまが笛を吹くように
しゃぼん玉を吹いている

ぽっかり

ぽっかり……

ドゥワルカの十字路

牛がゆったり歩いたり
立ち止まったりしている
黒いいのししみたいな豚もいる
夕闇のなか
まっ白いろばが
じっと　たたずんでいる

ああ、いい町だな
夫はすっかりほっとして
角の茶店で一杯のチャイを飲みながら
夕闇にじっとたたずむろばを

眺めている

空深くの闇が
うす青黒くただよいだした夕暮れに
ぼんやり発光している気高い横顔
ゆうべの夢がにじみ出し
再結晶したような白いろば

近くまで行って向きあう
なでてやる
一日の仕事に疲れて
背肌にはすり傷がついている
伏し目がちの　ふつうのろばさん

でもなぜ

こんなになつかしいのだろう

あなたは　だれ？

とおいとおい
おとうさん？
それとも
とおいとおい
わたしの娘？

夢よりも遠い
いつか
どこかでも
こんな夕暮れ
こんな辻に

わたしたちは立っている
長い睫毛の下の
黒い瞳を大きく濡らして
その円球にわたしを映し
ろばは
じっと　どこかを見ている

死ぬのはこわいだろうか

死ぬのはこわいだろうか
夫は　わたしより先に
旅立ってしまうのだろうか

ひとりで死を待つのは
こわいだろうか

とおい昔の恋人の夢をみた
夫も
昔の恋人の夢をみるのだろうか

わたしがこうしてだまっているように
だまってくれているのだろうか

わたしの人生そのものが
もうすぐ　夢になる
そして
だまっている
みるものも
みないものも

あとがき

一九七一年夏、新宿の路上に坐りこんで手作り詩集を売っているとき、通りすがりに一冊買ってくれたのが、まだ二十代の宮内勝典だった。

アメリカで数年暮らした後、インド経由で帰国したばかりの彼の気持ちを、その中の一つの詩がとらえたようだった。『大地のうた』という、サタジット・レイ監督のインド映画を観て心を大きく揺さぶられ、書いた一篇だった。

私たちは結婚し、それから長い月日がたったけれど、私はインドには行けないままだった。

詩はずっと書きつづけていた。同人サークルに所属して敬愛する詩人、菅原克己に鍛えられた。

二〇〇三年、二〇〇五年とつづけて、やっとインドに行くことができ、三十年来の宿題のように書いた詩をなんとかまとめたいと思っていると、旧知の和田禎男さんが一艘のたすけ舟を出してくれることになった。

詩集『大泉門の歌』は、ずいぶん以前に、めるくまーるから友情予算で出版していただいた。ある晩遅く連絡もしないで訪ねると、暗い社内にぽつんとスタンドを点けて、和田さんはひとり残業中。机の上には、私の詩の言葉が散乱していて、社長みずからオフセット印刷のフィルム版を切り貼りしてくれているところだった。そんな優しいご親切が、ずっと心に残っていた。

和田さんは今度は、本を飾るのにふさわしい写真を求めて、遠くまで足を運んでくださった。

こうして私は、マー・ガンガーの流れに船出することができた。未熟な私がインドを体験するには、これだけの年月が必要だったのかもしれない。

写真を提供してくださった沖鳳亭さんは、十八歳で亡くなった息子さんの夢を、今でも見つづけていらっしゃるという。また若林裕子さんは、二〇〇四年のスリランカ沖大津波の犠牲になられたと聞いている。この詩集がご供養にもなれば、と祈ります。ほんとうにありがとうございました。

今日　おまえは明るい

正月八日の朝
竜太の位牌にケーキと紅茶をあげて
向かいあって坐る
いっしょに食べようね

小みかんや羊歯の葉に飾られた鏡餅
神社からいただいてきた熊手　そして
ちりめん細工のうさぎ七福神に囲まれて
位牌はにこにこしているようだ

——ガンジス河の水面を思い出す
おまえの遺灰はほんとうにほんの少し
耳掻き一杯ほどが和紙に包まれていた
船を止めてもらって
水面に撒くと
白い粉がいつまでも浮いていた
マリーゴールドの首飾り
ジャスミンの花輪
第三の目を表すという緑の葉も流れていった
葉っぱのお皿にバラの花びらを敷いて

ろうそくに火を点して流した

コロネの骨壺はとても立派で
まっ白い猫の骨格がザラザラと水の中に沈んでいった
船頭さんたちは明らかに
それがわたしの子供の遺骨だと思ってくれていた
泣いているわたしに
いいことなんだから　泣いちゃだめだよ
と言ってくれた

ね、竜太ちゃん
小さな位牌にほほ笑むと
金色の「法龍嬰児」という字も
笑っている
こんなふうに見えたのは

二十八年ではじめて
「早逝」という字にのって
マリーゴールドも　ろうそくの火も
白い粉のようなものも
河の中ほどの速い流れに
流されていった
九月のインドの強い陽射しの下
たっぷりの水量のガンジス河を
おまえたちは　流れていった

さようなら

でも　おまえがこのお腹のなかにいたときのこと
生まれた直後の　おおきなしゃがれた産声
死衣に包まれたおまえを抱いたこと

ガンジス河のま昼の日……
すべてがわたしのなかにある
生きている

お正月みかんのオレンジ色や
熊手の小判の金色に囲まれて
今日　おまえは明るい

二〇〇六年三月三十一日

宮内喜美子

推薦のことば

山折哲雄

母なるガンジス河に魅せられた人が、そこにいる。河の流れに神や人の気配を感じ、川面からきこえてくる小鳥たちや小動物たちの声をするどくききわける人が、そこを歩いている。

死に行く人に話しかけ、死んでしまった人の魂に呼びかける純で美しい言葉が、すこしずつ紡ぎだされていく。

わが子を喪った悲しみがおだやかな自然のなかに滲み通り、静かな旋律に包まれてこだまを返している。

ガンジス河にむかって、お母さん、と呼びかける詩人に、マー・ガンガーは、死ぬのはこわくはないよ、とこたえているようだ。

その稀なダイアローグのくり返しが、何よりも快い。一度それにふれたら、どんな人も忘れることなどできないだろう。

著者
宮内喜美子（みやうち・きみこ）
1951年 東京都豊島区生まれ。跡見学園短期大学生活芸術科卒。
1971年 詩集『猫のイヴ』（私家版）
1980年 詩集『大泉門の歌』（めるくまーる）
1983年～1991年 ニューヨーク在住。
1994年 エッセイ集『わたしの息子はニューヨーカー』（集英社）
1999年 詩集『わたしはどこにも行きはしない』（思潮社）
2003年 オブジェと絵画による個展『怪獣ルネッサンス』（ギャラリーＦ分の１）

写真提供（カラー印刷）
沖鳳亨（おき・ほうこう）
1931年、神奈川県小田原市生まれ。東京台東区の日限祖師本覚寺住職。
独自のカメラアングルから世界各地の人々の今生の姿をとらえつづけている。
とりわけインドには十数回訪れ、写真集『私の印度』第一巻、第二巻を上梓、早逝した次男の魂に捧げている。

写真提供（モノクロ印刷）
若林裕子（わかばやし・ゆうこ）
1959年、会津若松市生まれ。相模原女子大学文学部卒。
ヨガと整体の指導者としてクラスを受け持つかたわら、アフリカ、インド、ネパールなどの国を度々訪れ写真を撮りためる。2004年12月21日、スリランカにて地震による津波に巻き込まれ他界。翌年、友人たちの手により写真集『Gracias a la Vida』が刊行された。

マー・ガンガー　死ぬのはこわいだろうか
2006年6月20日　初版第1刷発行

著　　者◎宮内喜美子
写　　真◎沖鳳亨／若林裕子
発 行 者◎和田禎男
発 行 所◎株式会社めるくまーる
〒171-0022 東京都豊島区南池袋 1-9-10
TEL.03-3981-5525　FAX.03-3981-6816
振替 00110-0-172211
http://www.netlaputa.ne.jp/~merkmal/
装　　幀◎中山銀士
組　　版◎ピー・レム 鈴木千香子
印刷製本◎モリモト印刷株式会社

ISBN4-8397-0127-X